CRI DE DÉTRESSE

D'UN ÉCHAPPÉ

DE BRIVES-LA-GAILLARDE

PARIS

IMPRIMERIE DE L. TINTERLIN ET Cᵉ

RUE NEUVE-DES-BONS-ENFANTS, 3.

CRI DE DÉTRESSE

D'UN ÉCHAPPÉ

DE BRIVES-LA-GAILLARDE

PARIS

E. DENTU, LIBRAIRE-ÉDITEUR

PALAIS-ROYAL, 17 ET 19, GALERIE D'ORLÉANS

1863

CRI DE DÉTRESSE

D'UN ÉCHAPPÉ

DE BRIVES-LA-GAILLARDE

O Brives-la-Gaillarde, pourquoi t'avoir quittée un instant ! Quelle maligne influence m'a poussé vers cette brillante capitale, ce foyer si éblouissant que depuis mon retour j'y vois à peine assez clair pour suivre mon droit chemin, sous les ormeaux de tes boulevards ? ô ma Brives !... Qui m'éclairera !... qui m'éclairera !...

Paisiblement occupé à élever mes enfants et à faire pousser mes choux, je vivais à Brives-la-Gaillarde content du présent, sans regret du passé et sans souci de l'avenir. Quand, un matin, le facteur me remet une lettre et un grand papier imprimé, plusieurs fois replié sur lui-même. J'allais savoir ce qu'était un journal. La lettre était d'un de mes anciens amis qui avait quitté le pays depuis vingt-cinq ans, pour aller s'établir restaurateur dans un des faubourgs de Paris... Elle était ainsi conçue :

« Mon vieux loup,

« Jusques à quand te *crétiniseras-tu* dans ton arriérée et

« cléricale Brives ? En avant ! en avant ! l'ère de la liberté
« commence. Je ne te comprends vraiment pas. Tu es un
« des plus instruits de l'endroit ; ton père t'a laissé quatre
« ans chez les Frères ignorantins qui t'ont appris autre
« chose que le mal (ce qui m'étonne fort et étonnerait
« mon journal autant que moi, mais ce que nous explique-
« rions très-bien tous deux par ton organisation et ton
« intelligence exceptionnelles). Eh bien ! au lieu de pro-
« fiter de ta supériorité pour entraîner tes concitoyens
« dans les voies du progrès, tu perds ton temps à cultiver
« tes sots légumes et à lire les ouvrages de la bibliothèque
« du curé, ouvrages qui sont tous *ultramontains* et rétro-
« grades. — Combien de fois as-tu lu un journal ? Hélas,
« j'en rougis pour toi... tu ignores peut-être même l'exis-
« tence de ces porte-voix de la liberté... Désireux de te
« rendre service, je t'envoie un exemplaire du mien ! Je te
« recommande un article signé Ch. Sauvestre (1). Tu y
« verras que, sans le journal, tu resteras, toi et les tiens,
« dans un état permanent de nullité morale et sociale... »

A cette lettre, je dois le dire, je ne compris pas d'abord
grand'chose.

Pour mieux comprendre, je me plongeai dans la lecture
de l'article indiqué.

Je lus et relus le bienheureux article... et je me trouvai
bien petit !

Enfin je crus comprendre, et saisi d'un juste élan d'or-
gueil... Et moi aussi, je serai citoyen ! m'écriai-je... Le
soir même je partais pour Paris.

(1) *Les Libertés publiques.* V. *l'Opinion nationale* du 16 juin.

A mon arrivée, je m'installai dans un cabinet de lecture. Je parcourus toutes les collections de journaux, surtout celles du *Siècle* et de *l'Opinion nationale*, que mon ami le Parisien m'avait recommandés tout particulièrement.

J'allais donc trouver la clef de tous ces problèmes politiques et sociaux dont je n'avais pas jusqu'alors éprouvé le besoin de m'occuper!

Fatale présomption d'une intelligence obscurcie par quarante ans d'ignorance grossière! je n'ai découvert d'autre secret que celui de ma complète incapacité intellectuelle.

Les questions du jour ont appelé surtout mes études infructueuses : je prends au hasard celles qui m'ont frappé, et je viens appeler à mon aide les lumières des citoyens *parfaits*, car nous ne sommes encore à Brives, M. Sauvestre l'a dit, que des citoyens *incomplets*.

Et d'abord la question des *nationalités*. En voilà une qui m'a donné du mal!

Parmi les peuples qui réclament leur nationalité il y a surtout les Irlandais, les Polonais et les Napolitains,

Quant aux Irlandais, on ne parle jamais en leur faveur dans mes deux guides : *le Siècle* et *l'Opinion*. J'ai conclu de ce silence que probablement ils n'ont pas encore assez souffert, ou bien, qu'étant très-catholiques, ils doivent recevoir du ciel une dose de résignation proportionnée à leur misère. Ce qui le prouve, c'est qu'ils ne se révoltent guère... Passons donc.

Nous arrivons aux Polonais. Voilà un brave peuple que j'ai toujours aimé! En dépit des exils, des persécutions, des massacres, il a su conserver sa foi religieuse et politique; il a su donner à sa sainte cause des martyrs et des soldats. Aussi, comme j'applaudis aux nobles accents de

mes journaux appelant l'indignation européenne sur la tête
des oppresseurs de ce grand peuple !

Mais quand je tourne les regards vers les Napolitains,
hélas ! tout se brouille dans mon cerveau ! j'entre en fu-
reur non pas contre mes guides politiques, que je crois
sincères et éclairés, mais contre la faiblesse de ma raison
provinciale.

Les Polonais sont des héros, parce qu'ils ne veulent pas
des Russes, et parce que leurs bandes le disent à coups
de fusil aux régiments d'Alexandre. D'accord ! Les Napolitains sont des *brigands*, parce qu'ils ne veulent pas des
Piémontais, et parce qu'ils usent du même procédé éner-
gique vis-à-vis des soldats de Victor-Emmanuel. Oh ! pour
le coup, mes chers guides, je suis sûr que Brives ne vous
comprendra plus. Pourquoi une bonne action sur les bords
de la Vistule serait-elle une infamie dans les montagnes des
Calabres ?

Expliquez-vous donc, chers maîtres, faites tomber les
écailles de mes yeux, car vous devez avoir raison.

Pour venir à bout de ma sottise native, je m'étais dit
d'abord : « Pour les Polonais les Russes sont des étrangers,
pour les Napolitains les Sardes sont des compatriotes. »
Comme je ne suis pas très-fort sur le classement des diffé-
rentes familles européennes, je suis allé consulter quelqu'un plus savant que moi, non pas vous, mes chers guides, puisque vous ne parlez pas de cette question secon-
daire. A ma grande surprise, voici ce que j'entendis : « Les
Russes comme les Polonais sont des Slaves, leur dialecte
est différent ; mais en entendant parler le *patois* piémontais, on ne reconnaît pas plus la langue harmonieuse de
l'Italie méridionale, qu'en entendant parler le russe on ne
reconnaît le polonais. La différence des mœurs du nord au

sud de l'Italie est encore plus forte que celle du langage.»

Je me suis fait alors un autre petit raisonnement : « Les Russes sont des tyrans cruels et oppresseurs ; les Sardes sont des hommes inoffensifs et doux ; c'est uniquement par bonté d'âme qu'ils veulent donner à leurs chers compatriotes les bienfaits d'un gouvernement paternel qu'ils ont l'aveuglement de repousser.» —Ah bien ! oui ! j'ai reconnu encore que je n'étais pas très-fort en logique. J'ai appris que presque tous les emplois de Naples étaient occupés par des Piémontais ; que le peuple, presque sans impôts sous le tyran François II, était obéré des tailles nécessitées par la dette sarde. J'ai appris, chose que je n'aurais pas voulu croire si le fait n'avait été cité tout récemment en plein parlement anglais, qu e les femmes n'étaient pas assassinées seulement à Varsovie, qu'une vingtaine de pauvres Napolitaines avaient été égorgées au pied d'une croix... Mais je passe là-dessus. Ce sont sans doute les *brigands* qui ont tué leurs femmes ou leurs sœurs pour diffamer les saints bersagliers de Victor-Emmanuel. Car, sans cela, chers guides, vous n'auriez pas manqué de vous élever contre les meurtriers.

Enfin, j'ai eu le malheur de jeter les yeux sur un document émané du parlement sarde, document que ces aboyeurs de journaux *ultramontains* ont accompagné de quelques commentaires. Effaçons-le de la discussion : vous n'en avez pas parlé et vous avez eu raison. C'est une calomnie officiellement organisée ! Que diable ! Même à Brives, on connaît un peu le français, et l'épithète de *brigands* appartient à ceux qui soudoient la délation, organisent la suspicion et les fusillades sommaires, plutôt qu'à ceux qui sont dénoncés, suspectés et fusillés sommairement. Dites que c'est une manœuvre de François II et du

Pape pour déconsidérer le parlement italien... Vos lecteurs vous croiront, et moi tout le premier.

J'espérais trouver une autre explication de votre ap-
préciation différente de faits identiques. Le Czar est un
schismatique, il opprime la religion catholique en Pologne;
il n'aime pas le Pape qui est aimé des Polonais. C'est le
mobile religieux, absent à Naples, qui vaut à la Pologne
les sympathies du *Siècle* et de *l'Opinion*. J'étais assez content d'avoir trouvé cette réponse au problème; mais, hélas !
je comptais sans le charivari, dont les feuilles ultramon-
taines et cléricales viennent toujours étourdir les oreilles
délicates. Ces suppôts de *l'obscurantisme* m'ont fait entendre
le canon de Castelfidardo et d'Aucône. Et par ma foi, j'en
ai conclu que le Roi galant homme, n'a pas pour la Papanté
un amour beaucoup plus vif que celui d'Alexandre; et que
par suite, ma réponse ne valait rien.

— Mais c'était pour le bien du *Pontife* que le Piémont
écrasait avec cinquante mille hommes, les cinq ou six
mille soldats du *souverain*.

Je veux bien essayer de le croire puisque vous le dites,
et à ce propos, je vais tâcher d'y voir un peu moins trou-
ble dans cette question romaine que vous élucidez si
bien.

J'ai lu dans *l'Opinion Nationale* :

« Le pouvoir temporel est une plaie toujours saignante
« aux flancs de l'Église catholique; il l'avilit à la face du
« monde. »

Voilà qui est bien dit ! Le mot fait de l'effet, il y a de
l'image. Victor-Emmanuel n'a plus qu'à prendre sa trousse
de chirurgien.

Eh bien ! le croiriez-vous, malgré cette poésie anatomique, il m'est venu quelques doutes.

Sotte tête de provincial, va !

Et d'abord quels sont ceux qui se présentent comme les médecins ou les garde-malades de cette pauvre catholicité qui va mourir des suites du pouvoir temporel ?

En première ligne, je trouve le Piémont.

Voici un docteur n'ayant par malheur qu'une jambe, parce qu'il a voulu grandir trop vite et contre toutes les règles reçues. Il donne à son client, lequel proteste de son parfait état de santé, le conseil de se laisser faire une amputation de cuisse.... Son but est de s'approprier la partie amputée, en offrant généreusement en échange sa propre jambe de bois... N'insistons pas, à d'autres.

Puis vient l'Angleterre, Palmerston en tête. — Allons, avouez-le, ce médecin-là n'aurait pas grand intérêt à sauver le malade. Il ne demanderait pas mieux qu'il rendît l'âme le plus tôt possible, s'il pouvait mourir, afin de ne plus être inquiété en Irlande. Ne lui donnons donc pas voix dans la consultation.

Enfin vous venez à l'arrière-garde, mes chers maîtres et guides. Quels sont vos arguments ? je désire de votre part des raisons d'autant meilleures, que vous aussi, vous paraissez quelque peu sujets à caution. Car je n'ai pu m'empêcher de remarquer le plaisir que vous éprouvez, quand par hasard vous pouvez servir à vos lecteurs un petit scandale clérical.

Allons, vos arguments.

Hélas ! je n'en ai point trouvé. Jugez de ma déception, vous étiez ma suprême ressource.

Pour arguments, vous n'avez lancé que deux affirmations.

1º Les Romains ne veulent plus du Pape.

Chose étrange il n'y a que le corps des médecins dont j'ai parlé plus haut, leurs émissaires, et vous, chers maîtres, qui le criiez sur les toits. Les vrais Romains se sont jusqu'à présent contentés d'acclamer le Pape quand il sort dans Rome.

2° Mon royaume n'est pas de ce monde !

Dans *le Siècle*, à une certaine époque, j'ai vu cette exclamation orner tous les articles de fond. Voyons, raisonnons, je veux la vérité ; ne me la refusez pas, vous qui en êtes les dépositaires.

Vous êtes de vrais et de sincères amis de la liberté ; vous en êtes les organes les plus accrédités. Ce n'est pas avec la flétrissure cléricale imprimée sur le front, qu'on peut porter le drapeau de cette magnifique idée chrétienne. Vous êtes donc les apôtres de cette divinité conspuée par les ultramontains.

Ceci posé, que répondriez-vous à celui qui vous dirait :

« Prêtres de la liberté sainte, effacez de vos feuilles ces
« chiffres d'abonnements qui sont des plaies à la tête de
« votre libéralisme, et qui vous noircissent à la face du
« monde. »

Car enfin, votre chiffre d'abonnement, c'est votre petit pouvoir temporel à vous.

Évidemment vous ne discuteriez pas sur le point de savoir si le spirituel est ou n'est pas, doit ou ne doit pas être séparé du temporel dans votre journal. (Admettons que très-souvent il y a chez vous séparation des pouvoirs.)

Vous vous contenteriez de rire au nez du badaud qui vous aurait décoché la ridicule apostrophe, en lui disant :

« Comment voulez-vous que nous vivions. Nous avons des
« frais de rédaction, d'impression, d'employés divers,
« voire même parfois de circulaires électorales. Qui les
« payéra, si nous renonçons à la source de nos revenus ? »

Je vous assure que Brives tout entière applaudirait à
cette réplique sensée.

Il me semble que le Pape pourrait parler un peu comme
vous. Il doit correspondre avec toutes les Églises de l'uni-
vers, donner des secours à celles qui sont pauvres ; il doit
donc avoir des *employés* ; il doit avoir des représentants
auprès des puissances de la terre, afin de plaider constam-
ment la cause de la grande unité catholique et d'en sur-
veiller les intérêts. Ceci est bien de quelqu'utilité pour le
pouvoir spirituel ; vous êtes trop intelligents, mes chers
guides, pour ne pas le reconnaître, et peut-être le recon-
naissez-vous trop. Qui est-ce qui subviendra à ces frais, si
vous supprimez les revenus de la Papauté ?

Les dons volontaires des fidèles? — Ceci n'est pas sé-
rieux. Toute grande organisation exige un budget fixe. Les
souscriptions sont possibles et utiles dans certaines cir-
constances extraordinaires, dans certains cas imprévus,
mais elles ne peuvent faire la base d'un système d'adminis-
tration régulière. Et puis qu'arriverait-il, si toute la catholicité devenait une Irlande? Du reste, il m'a semblé
que vous n'étiez pas tout à fait partisans des dons volontaires des catholiques : témoin le denier de Saint-Pierre.

Mais vous avez votre réponse :

Victor-Emmanuel après l'amputation, se chargera des
frais de la convalescence du malade.

Oh ! pour le coup, mes chers maîtres et guides, ne dites
pas cela. Si un gouvernement quelconque supprimant vos

abonnements, vous disait : « Je vous payerai pour écrire, « vous serez mes nourrissons, mes petits enfants chéris, » votre dignité se révolterait, n'est-il pas vrai? Pourriez-vous élever la voix en faveur de la liberté, si votre existence matérielle était à la discrétion du pouvoir? Et quand même vous auriez en vous le courage de souffrir toutes les privations pour votre noble cause, le public pourrait-il ajouter foi à des paroles qu'il saurait soudoyées? Pourrait-il croire à votre généreux sacrifice? Évidemment, non.

Vous devez être indépendants; vous réclamez l'indépendance, et vous avez raison. Pourquoi ne feriez-vous pas au Pape, représentant de principes qui valent bien les vôtres, l'honneur de croire qu'il veut et doit être au moins aussi libre que vous?

Je vous demande pardon de ces objections ridicules. Je suis de Brives-la-Gaillarde, et je ne connais que d'hier vos doctes articles : voilà mon excuse. Encore quelques doses de *journal*, et je serai *éclairé*, *éduqué*, et je serai *citoyen* comme le veut M. Sauvestre.

Pour le moment, je vous l'avoue, je vous l'avoue, je n'y vois plus du tout; toutes mes notions sont obscurcies. Après tout, c'est peut-être le travail du *droit de cité* qui se fait en moi. C'est sans doute comme pour les eaux : on dit que pour qu'elles vous guérissent il faut, la première fois, en revenir plus malade.

Je dois dire en terminant ce qu'on pense à Brives-la-Gaillarde, de l'article de M. Sauvestre, intitulé *les Libertés publiques*. J'ai eu le malheur de le lire aux habitants de Brives : ils sont furieux de ne pas être encore tout à fait citoyens français. Mais en voyant le triste effet produit en moi par le *journal*, par ce moyen *éducateur* mis au premier rang par l'auteur de l'article, savez-vous ce

qu'ils ont dit : « Ah ! nous comprenons ! C'est à la suite
« des élections qu'on a écrit cet article. A Paris, *ils* ont
« nommé des journalistes qui s'étaient eux-mêmes nom-
« més par avance, en tête de leur papier noirci; et comme
« il ne faut pas beaucoup de travail pour faire de son *lec-*
« *teur* son *électeur* (c'est un mot plat d'un gros malin de
« Brives), on veut que nous lisions le journal, et alors il
« y aura place au Corps législatif pour tout le personnel
« des journaux les plus répandus : ils n'auront pour cela
« qu'à former une petite coalition. Brives-la-Gaillarde,
« elle aussi, aura son petit député journaliste, et il la
« guidera dans son apprentissage du droit de cité. »

Et ils riaient en disant cela, ces idiots !

Quant à moi, je rougissais pour mes pauvres compatriotes !

Persuadé de plus en plus de l'oblitération de mes facultés,
découragé de mes vains efforts pour comprendre les énig-
mes du journal, je laisse pousser toutes mes mauvaises
herbes; j'erre, comme une âme en peine, dans les sentiers
les plus déserts, demandant en vain le repos à la solitude.

Citoyens *complets* de la capitale, ayez pitié de mon in-
suffisance.... Des lumières ! des lumières ! Vous ne me les
refus erez pas.

Pour mon client de Brives,

J^{es} MONGRENIER , Avocat.

FIN.